中國書店藏珍貴古籍叢刊

漢·劉安 撰 明·茅坤 編評

淮南鴻烈解

中國書店

據中國書店藏明天啓凌刻朱墨套印本影印原書版框高二十一厘米寬十四點七厘米

出版説明

中國書店自一九五二年成立起，一直致力于古舊文獻的收購、整理、保護和流通工作，于年復一年的經營中，發掘、搶救了大量珍貴古籍文獻。在滿足圖書館、博物館、研究所等相關單位及讀者購書需求的同時，中國書店還保存了一定數量的古籍文獻，其中不少具有極高的學術價值和文物價值，但傳本稀少，甚至别無復本。有鑒于此，中國書店對這些古籍善本進行了科學、系統的整理，以編輯《中國書店藏珍貴古籍叢刊》的形式影印出版，使孤本、善本化身千百，發揮更大的作用。本輯所選爲：

《淮南鴻烈解》二十一卷，漢劉安撰，漢許慎、高誘注，明茅坤輯評。

劉安（公元前一七九—公元前一二二），漢高祖劉邦之孫，淮南厲王劉長之子，嗣位爲淮南王。爲人才思敏捷，好讀書，善文辭，曾招致賓客方術之士數千人著書立説。

許慎，生卒年不詳，字叔重，東漢召陵人。官至南閣祭酒。少博學經籍，師從經學大師賈逵，時人推崇曰『五經無雙許叔重』。有《説文解字》、《淮南鴻烈解》等書行世。

高誘，生卒年不詳，東漢涿郡人。少受學于同縣盧植。建安十年（二〇五）任司空掾，旋任東郡濮陽令，後遷監河東。所著有《戰國策注》、《淮南鴻烈解》、《吕氏春秋注》等。

茅坤（一五一二—一六〇一），字順甫，號鹿門，浙江歸安人。嘉靖十七年進士，曾任廣西兵備僉事、河南副使等職。其人文武兼長，雅好書法，提倡學習唐宋古文。曾編選《唐宋八大家文抄》。評點多部古籍，『其書盛行海内，鄉里小生無不知茅鹿門者』。有《茅鹿門集》行世。

《淮南鴻烈解》爲漢初集黄老學説之大成的理論著作，它不僅對『道』、『天人』、『形神』等問題提出了獨特見解，同時又在繼承春秋時的『氣』説與戰國中期稷下黄老之學的『精氣』説的基礎上，提出了『元氣論』的概念和系統的宇宙生成論，是歷史上一部影響巨大的著作。至東漢時，許慎、高誘分别爲該書做過注解。明代茅坤則匯集歷代解説、附以己見，成此《淮南鴻烈解》輯評本以闡其旨，于天啓間由吴興凌濛初朱墨套印行世。

中國書店所藏《淮南鴻烈解》即爲天啓間吴興凌濛初朱墨套印本。是書半頁九行，行二十字，白口、無魚尾，四周單邊。書前有王宗沐序。藉此書保留有不少前人評注，具有很高的學術價值和版本價值。

中國書店在《中國書店藏珍貴古籍叢刊》的編輯過程中，特從閔刻、凌刻套印本中擇取其精善書籍收入并影印出版，以滿足專家、學者及廣大傳統文化愛好者的需求，推動古籍文獻整理與相關學術研究。

中國書店出版社

癸巳年夏月

淮南鴻烈解拟評序

不佞得請臥田間日從友人康門子品隲百氏兩京諸家言班馬成信史不朽於春秋而淮南安當建元右文之餘点集賢豪

分局列館剽莊列百家間持一意浩蕩汪洋娓娓千百言乃已自玄黄剖判靡不究極根荄蕃詳哉其言之也即畸瞋目拟根之輩錯出不雅馴而

里缶箏脾使聽者豔為希聲
不忍棄去則句櫛之字縷之
從其腠理擬卻導窾歸於正
途則詳釋贅訂固博士之符
券也鹿門從子一桂故嗜書

業已訂淮南鴻烈解行海内
而鹿門子猶病其亾畧載取
擬詳續之句若櫛字若縷不
啻設左右翼而導之前茅也
安鴻烈其說固曲學者添毋

餘為吾儒重而自有鹿門子之許則馬班氏外未必非亞旅云

爻人臨海攖寧子敬所王宗沐撰

淮南鴻烈解總目

淮南總目

本經訓
精神訓
覽冥訓
時則訓
地形訓
天文訓
俶真訓
原道訓

說林訓
說山訓
兵畧訓
詮言訓
氾論訓
道應訓
齊俗訓
繆稱訓
主術訓

熒惑昨
太白昨
辰星昨
入閒昨

淮南所著其言不盡録一人即此篇無括道術事情最爲龐雜然梗概大都襲老莊道之窾御則性命道之得手處則無爲其文爛焉如錦

以上先極言道之大而微妙非至人不能得

無爲爲之二句一篇關節

張賓王曰閎富

淮南鴻烈解卷一

原道訓

夫道者覆天載地廓四方柝八極高不可際深不可測包裹天地稟授無形源流泉浡沖而徐盈混混汩汩濁而徐清故植之而塞於天地横之而彌於四海施之無窮而無所朝夕舒之幎於六合卷之不盈於一握約而能張幽而能明弱而能强柔而能剛横四維而含陰陽紘宇宙而章三光甚淖而滒甚纖而微山以之高淵以之深獸以之走鳥以之飛日月以之明星歷以之行麟以之游鳳以之翔泰古二王得道之柄立於中央神與化游以撫四方是故能天運地滯輪轉而無廢水流而不止與萬物終始風興雲蒸事無不應雷聲雨降並應無窮鬼出電入龍興鸞集鈞旋轂轉周而復匝已彫已琢還反於樸無爲爲之而合於道無爲言之而通乎德恬愉無矜而得於和有萬不同而便於性神託於秋毫之末而大與宇宙之總其德優天地而和陰陽節四時而調五行呴嘔覆育萬物羣生潤於草木浸於金石禽獸碩大毫毛

張賓王曰氣如河決

二皇得道而神與化遊以撫四方儘力摹擬愈有生

色不厭其詞之複

馮夷大丙得道故其御自超車馬策鍛之外

張賓王曰語語貴得道之大丈夫恬澹無思慮正是無爲天爲蓋地爲

潤澤羽翼奮也角觡生也獸胎不贕鳥卵不毈父無喪子之憂兄無哭弟之哀童子不孤婦人不孀虹蜺不出賊星不行含德之所致也夫太上之道生萬物而不有成化像而弗宰跂行喙息蠉飛蝡動待而後生莫之知德待而後死莫之能怨得以利者不能譽用而敗者不能非收聚畜積而不加富布施稟授而不益貧旋縣而不可究纖微而不可勤累之而不高墮之而不下益之而不衆損之而不寡斲之而不薄殺之而不殘鑿之而不深填之而不淺忽兮怳兮不

可爲象兮怳兮忽兮用不屈兮幽兮冥兮應無形兮遂兮洞兮不虛動兮與剛柔卷舒兮與陰陽俛仰兮昔者馮夷大丙之御也乘雲車入雲蜺游微霧騖怳忽歷遠彌高以極往經霜雪而無迹照日光而無景扶搖抮抱羊角而上經紀山川蹈騰崑崙排閶闔鑰天門末世之御雖有輕車良馬勁策利鍛不能與之爭先是故大丈夫恬然無思澹然無慮以天爲蓋以地爲輿四時爲馬陰陽爲御乘雲陵霄與造化者俱縱志舒節以馳大區可以步而步可以驟而驟令雨

輿四時為馬陰陽為御乃黃白沖舉之秘術也其言恍洋不羈可為達者道

張賓王曰文陣雄厚

前云泰古二皇得道之柄此又云執道要之柄柄者何無為耳已

即鏡水不設智故而方員

曲直弗能逃以見達於道者不必有為

張賓王曰此段用樂記而稍改之遂不逮其精簡

大丈夫恬澹得道之妙至此而極

師灑道使風伯掃塵電以為鞭策雷以為車輪上游於霄雿之野下出於無垠之門劉覽偏照復守以全經營四隅還反於樞故以天為蓋則無不覆也以地為輿則無不載也四時為馬則無不使也陰陽為御則無不備也是故疾而不搖遠而不勞四支不動聰明不損而知八紘九野之形埒者何也執道要之柄而游於無窮之地是故天下之事不可為也因其自然而推之萬物之變不可究也秉其要歸之趣夫鏡水之與形接也不設智故而方圓曲直弗能逃也是

故響不肆應而景不一設叫呼仿佛默然自得人生而靜天之性也感而後動性之害也物至而神應知之動也知與物接而好憎生焉好憎成形而知誘於外不能反已而天理滅矣故達於道者不以人易天外與物化而內不失其情至無而供其求時騁而要其宿小大修短各有其具萬物之至騰踴肴亂而不失其數是以處上而民弗重居前而眾弗害天下歸之姦邪畏之以其無爭於萬物也故莫敢與之爭夫臨江而釣曠日而不能盈羅雖有鉤箴芒距微綸芳

即兩喻句法變幻不同

釣射之具與其人俱得矣猶不能與網羅者競可見任小數之不如大道

此見機心之不可為治

名言

二句本旨

餌加之以詹何娟嬛之數猶不能與網罟爭得也射者扜烏號之弓彎綦衛之箭重之羿逢蒙子之巧以要飛鳥猶不能與羅者競多何則以所持之小也張天下以爲之籠因江海以爲罟又何亡魚失鳥之有乎故矢不若繳繳不若無形之像夫釋大道而任小數無以異於使蟹捕鼠蟾蠩捕蚤不足以禁姦塞邪亂乃逾滋昔者夏鯀作三仞之城諸侯背之海外有狡心禹知天下之叛也乃壞城平池散財物焚甲兵施之以德海外賓伏四夷納職合諸侯於塗山執玉帛者萬國故機械之心藏於胷中則純白不粹神德不全在身者不知何遠之所能懷是故革堅則兵利城成則衝生若以湯沃沸亂乃逾甚是故鞭噬狗策蹏馬而欲教之雖伊尹造父弗能化欲害之心亡於中則饑虎可尾何況狗馬之類乎故體道者逸而不窮任數者勞而無功夫峭法刻誅者非霸王之業也箠策繁用者非致遠之術也離朱之明察箴末於百步之外不能見淵中之魚師曠之聰合八風之調而不能聽十里之外故任一人之能不足以治三畝之

又從喻上轉若纍丸。張賓王曰無一語不鮮貴眞所謂字直千金錯綜天地萬物民居七俗一一有自然之性聖人所以事所謂無爲而合乎道德

張賓王曰何其快適惟民俗因土故聖人因民此非達於道者不能

宅也脩道理之數因天地之自然則六合不足均也是故禹之決瀆也因水以爲師神農之播穀也因苗以爲教夫萍樹根於水木樹根於土鳥排虛而飛獸蹠實而走蛟龍水居虎豹山處天地之性也兩木相摩而然金火相守而流員者常轉窾者主浮自然之勢也是故春風至則甘雨降生育萬物羽者嫗伏毛者孕育草木榮華鳥獸卵胎莫見其爲者而功既成矣秋風下霜到生挫傷鷹鵰搏鷙昆蟲蟄藏草木注根魚鼈湊淵莫見其爲者滅而無形木處榛巢水居

窟穴禽獸有芄人民有室陸處宜牛馬舟行宜多水匈奴出穢裘於越生葛絺各生所急以備燥溼冬因所處以禦寒暑並得其宜物便其所由此觀之萬物固以自然聖人又何事焉九疑之南陸事寡而水事衆於是民人被髮文身以像鱗蟲短綣不絝以便涉游短袂攘卷以便刺舟因之也鴈門之北狄不穀食賤長貴壯俗尚氣力人不弛弓馬不解勒便之也故禹之裸國解衣而入衣帶而出因之也今夫徙樹者失其陰陽之性則莫不枯槁故橘樹之江北則化而

天門天解天機假道也老氏所謂同出而異名

以上無非說人之不如天處至此纔明白揭出之耳

爭利者必窮是以古之聖人以不爭致治

張賓王曰此段亭亭奕奕

爲枳鴝鵒不過濟貈渡汶而死形性不可易勢居不可移也是故達於道者反於清淨究於物者終於無爲以恬養性以漠處神則入於天門所謂天者純粹樸素質直皓白未始有與雜糅者也所謂人者偶睋智故曲巧僞詐所以俛仰於世人而與俗交者故牛岐蹏而戴角馬被髦而全足者天也絡馬之口穿牛之鼻者人也循天者與道游者也隨人者與俗交者也夫井魚不可與語大拘於隘也夏蟲不可與語寒篤於時也曲士不可與語至道拘於俗束於教也故聖人不以人滑天不以欲亂情不謀而當不言而信不慮而得不爲而成精通於靈府與造化者爲人夫善游者溺善騎者墮各以其所好反自爲禍是故好事者未嘗不中爭利者未嘗不窮也昔共工之力觸不周之山使地東南傾與高辛爭爲帝遂潛於淵宗族殘滅繼嗣絶祀越王翳逃山穴越人熏而出之遂不得已由此觀之得在時不在爭治在道不在聖土處下不爭高故安而不危水下流不爭先故疾而不遲昔舜耕於歷山朞年而田者爭處墝埆以封壤肥

讀之肯人

饒相讓釣於河濱朞年而漁者爭處湍瀨以曲隈深潭相予當此之時口不設言手不指麾執玄德於心而化馳若神使舜無其志雖口辯而戶說之不能化一人是故不道之道莽乎大哉夫能理三苗朝羽民徙祼國納肅慎未發號施令而移風易俗者其唯心行者乎法度刑罰何足以致之也是故聖人內修其本而不外飾其末保其精神偃其智故漠然無爲而無不爲也澹然無治也而無不治也所謂無爲者不先物爲也所謂不爲者因物之所爲所謂無治者不

守其根守其門即前云得道之柄

易自然也所謂無不治者因物之相然也萬物有所生而獨知守其根百事有所出而獨知守其門故窮無窮極無極照物而不眩響應而不乏此之謂天解故得道者志弱而事強心虛而應當所謂志弱而事強者柔毳安靜藏於不敢行於不能恬然無慮動不失時與萬物回周旋轉不爲先唱感而應之是故貴者必以賤爲號而高者必以下爲基託小以包大在中以制外行柔而剛用弱而強轉化推移得一之道而以少正多所謂其事強者遭變應卒排患扞難力

名言也敍是老氏宗旨

按先後一段議論亦本老氏知雄守雌之旨

無不勝敵無不凌應化揆時莫能害之是故欲剛者必以柔守之欲強者必以弱保之積於柔則剛積於弱則強觀其所積以知禍福之鄉強勝不若已者至於若已者而同柔勝出於已者其力不可量故兵強則滅木強則折革固則裂齒堅於舌而先之敝是故柔弱者生之榦也而堅強者死之徒也先唱者窮之路也後動者達之原也何以知其然也凡人中壽七十歲然而趨舍指湊日以月悔也以至於死故蘧伯玉年五十而知四十九年非何者先者難爲知而後

者易爲攻也先者上高則後者攀之先者踰下則後者蹷之先者隤陷則後者以謀先者敗績則後者違之由此觀之先者則後者之弓矢質的也猶錞之與刃刃犯難而錞無患者何也以其託於後位也此俗世庸民之所公見也而賢知者弗能避也所謂後者非謂其底滯而不發凝竭而不流貴其周於數而合於時也夫執道理以耦變先亦制後後亦制先是何則不失其所以制人人不能制也時之反側間不容息先之則太過後之則不逮夫日回而月周時不與

奇語

以下極力形容水處正是說至德

張賓王曰鋪張水之至德

極甚宏麗

張賓王曰高華

借水極形容至德而後實以老氏之言讀其文可想見清淨無爲之妙

此淮南原道本來面目

人游故聖人不貴尺之璧而重寸之陰時難得而易失也禹之趨時也履遺而弗取冠挂而弗顧非爭其先也而爭其得時也是故聖人守清道而抱雌節因循應變常後而不先柔弱以靜舒安以定攻大礦堅莫能與之爭天下之物莫柔弱於水然而大不可極深不可測脩極於無窮遠淪於無崖息耗減益通於不訾上天則爲雨露下地則爲潤澤萬物弗得不生百事不得不成大包羣生而無好憎澤及蚑蟯而不求報富贍天下而不旣德施百姓而不費行而不可

得窮極也微而不可得把握也擊之無創刺之不傷斬之不斷焚之不然淖溺流遁錯繆相紛而不可靡散利貫金石強濟天下動溶無形之域而翺翔忽區之上邅回川谷之間而滔騰大荒之野有餘不足與天地取與授萬物而無所前後是故無所私而無所公靡濫振蕩與天地鴻洞無所左而無所右蟠委錯紾與萬物始終是謂至德夫水所以能成其至德於天下者以其淖溺潤滑也故老聃之言曰天下至柔馳騁天下之至堅出於無有入於無間吾是以知無

物之有音有形俱道之一爲之故下遂言一之能生萬物

爲之有益夫無形者物之大祖也無音者聲之大宗也其子爲光其孫爲水皆生於無形乎夫光可見而不可握水可循而不可毁故有像之類莫尊於水出生入死自無蹠有自有蹠無而以衰賤矣是故清靜者德之至也而柔弱者道之要也虛而恬愉者萬物之用也肅然應感殷然反本則淪於無形矣所謂無形者一之謂也所謂一者無匹合於天下者也卓然獨立塊然獨處上通九天下貫九野貞不中規方不中矩大渾而爲一葉累而無根懷囊天地爲道關門

無形無聲無味無色俱所謂一而至其變化不可窮則誠上通九天下貫九野矣

穆忞隱閔純德獨存布施而不既用之而不勤是故視之不見其形聽之不聞其聲循之不得其身無形而有形生焉無聲而五音鳴焉無味而五味形焉無色而五色成焉是故有生於無實出於虛天下爲之圈則名實同居音之數不過五而五音之變不可勝聽也味之和不過五而五味之化不可勝嘗也色之數不過五而五色之變不可勝觀也故音者宮立而五音形矣味者甘立而五味亭矣色者白立而五色成矣道者一立而萬物生矣是故一之理施四海一

數句一篇做手工夫

張賓王曰語語貴喜怒好惡憂悲嗜慾俱清

淨之蠹至人能進道之功蓋胸中逐一煞透略不為所震撼此其聽天下若背風而馳

之解際天地其全也純兮若樸其散也混兮若濁而徐清沖而徐盈澹兮其若深淵汎兮其若浮雲若無而有若亡而存萬物之總皆閱一孔百事之根皆出一門其動無形變化若神其行無迹常後而先是故至人之治也掩其聰明滅其文章依道廢智與民同出於公去其誘慕除其嗜欲損其思慮約其所守則察寡其所求則得夫任耳目以聽視者勞形而不明以知慮為治者苦心而無功是故聖人一度循軌不變其宜不易其常放準修繩曲因其當夫喜怒者

道之邪也憂悲者德之失也好憎者心之過也嗜欲者性之累也人大怒破陰大喜墜陽薄氣發瘖驚怖為狂憂悲多恚病乃成積好憎繁多禍乃相隨故心不憂樂德之至也通而不變靜之至也嗜欲不載虛之至也無所好憎平之至也不與物散粹之至也能此五者則通於神明通於神明者得其內者也是故以中制外百事不廢中能得之則外能收之中之得則五藏寧思慮平筋力勁強耳目聰明疏達而不悖堅強而不鞼無所大過而無所不逮處小而不逼處

張賓王曰洗發精神

大而不窕其寬不躁其神不姚湫漻寂寞爲天下梟大道坦坦去身不遠求之近者往而復反近謂身也迫則能應感則能動沕穆無窮變無形像優游委縱如響之與景登高臨下無失所秉履危行險無忘玄伏能存之此其德不虧萬物紛糅與之轉化以聽天下若背風而馳是謂至德至德則樂矣古之人有居巖穴而神不遺者末世有勢爲萬乘而日憂悲者由此觀之聖亡乎治人而在於得道樂亡乎富貴而在於得和知大己而小天下則幾於道矣所謂樂者豈

必處京臺章華游雲夢沙丘耳聽九韶六瑩口味煎熬芬芳馳騁夷道釣射鷫鷞之謂樂乎吾所謂樂者人得其得者夫得其得者不以奢爲樂不以廉爲悲與陰俱閉與陽俱開故子夏心戰而臞得道而肥聖人不以心役物不以欲滑和是故其爲曜不忻忻其爲悲不惙惙萬方百變消搖而無所定吾獨慷慨遺物而與道同出是故有以自得之也喬木之下空穴之中足以適情無以自得也雖以天下爲家萬民爲臣妾不足以養生也能至於無樂者則無不樂無不

張賓王曰不獨光華璀燦說透人情令人爽然自失

非深知至德之樂不能說得如此快人沉而悟之可涉釋氏真空境界

以下言失其得而不樂者由其不得於中所以不得

於中者由不能反諸心性蓋心性即前所為一此教人入道之扃鑰也

樂則至極樂矣夫建鐘鼓列管絃席旃茵傅旄象耳聽朝歌北鄙靡靡之樂齊靡曼之色陳酒行觴夜以繼日強弩弋高鳥走犬逐狡兎此其為樂也炎炎赫赫怵然若有所誘慕解車休馬罷酒徹樂而心忽然若有所喪悵然若有所亡也是何則不以內樂外而以外樂內樂作而喜曲終而悲悲喜轉而相生精神亂營不得須臾平察其所以不得其形而日以傷生失其得者也是故內不得於中稟授於外而以自飾也不浸於肌膚不浹於骨髓不留於心志不滯於五

藏故從外入者無主於中不止從中出者無應於外不行故聽善言便計雖愚者知說之稱至德高行雖不肖者知慕之說之者衆而用之者鮮慕之者多而行之者寡所以然者何也不能反諸性也夫內不開於中而強學問者不入於耳而不著於心此何以異於聾者之歌也效人為之而無以自樂也聲出於口則越而散矣夫心者五藏之主也所以制使四支流行血氣馳騁於是非之境而出入於百事之門戶者也是故不得於心而有經天下之氣是猶無耳而欲

許由之能遺天下者由其能自得此自得者蓋得道之人也

調鐘鼓無目而欲喜文章也亦必不勝其任矣故天下神器不可為也為者敗之執者失之夫許由小天下而不以己易堯者志遺於天下也所以然者何也因天下而為天下也天下之要不在於彼而在於我不在於人而在於身我身得則萬物備矣徹於心術之論則嗜欲好憎外矣是故無所喜而無所怒無所樂而無所苦萬物玄同也無非無是化育玄燿生而如死夫天下者亦吾有也吾亦天下之有也天下之與我豈有間哉夫有天下者豈必攝權持勢操殺生

之柄而以行其號令邪吾所謂有天下者非謂此也自得而已自得則天下亦得我矣吾與天下相得則常相有已又焉有不得容其間者乎所謂自得者全其身者也全其身則與道為一矣故雖游於江潯海裔馳要褭建翠蓋目觀掉羽武象之樂耳聽滔朗奇麗激抮之音揚鄭衛之浩樂結激楚之遺風射沼濱之高鳥逐苑囿之走獸此齊民之所以淫泆流湎聖人處之不足以營其精神亂其氣志使心怵然失其情性處窮僻之鄉側谿谷之間隱于榛薄之中環堵

在齊民處樂則易湎處憂則易懟而得道之聖人則不失所以自得

得道者能發憂樂由性命之情爲其所安至後總以形氣神剖出性命來

之室茨之以生茅蓬戶甕牖揉桑爲樞上漏下溼潤浸北房雪霜滾灖浸潭苽蔣逍遥於廣澤之中而仿洋於山峽之旁此齊民之所爲形植黎累憂悲而不得志也聖人處之不爲愁悴怨懟而不失其所以自樂也是何也則內有以通於天機而不以貴賤貧富勞逸失其志德者也故夫烏之啞啞鵲之唶唶豈嘗爲寒暑燥溼變其聲哉是故夫得道已定而不待萬物之推移也非以一時之變化而定吾所以自得也吾所謂得者性命之情處其所安也夫性命者與形俱出其宗形備而性命成性命成而好憎生矣故士有一定之論女有不易之行規矩不能方圓鉤繩不能曲直天地之永登丘不可爲修居卑不可爲短是故得道者窮而不懾達而不榮處高而不機持盈而不傾新而不朗久而不渝入火不焦入水不濡是故不待勢而尊不待財而富不待力而強平虛不流與化翺翔若然者藏金於山藏珠於淵不利貨財不貪勢名是故不以康爲樂不以慊爲悲不以貴爲安不以賤爲危形神氣志各居其宜以隨天地之所爲夫

歸本之言

張賓王曰自此至篇末俱以養神守氣爲主轉說轉透是叅微言

此慎守形氣神之利

此狂者不慎守形氣神之害

形者生之舍也氣者生之充也神者生之制也一失位則三者傷矣是故聖人使人各處其位守其職而不得相干也故夫形者非其所安也而處之則廢氣不當其所充而用之則泄神非其所宜而行之則昧此三者不可不慎守也夫舉天下萬物蚑蟯貞蟲蝡動蚑作皆知其所喜憎利害者何也以其性之在焉而不離也忽去之則骨肉無倫矣今人之所以眭然能視瞥然能聽形體能抗而百姓可屈伸察能分白黑視醜美而知能別同異明是非者何也氣爲之充

而神爲之使也何以知其然也凡人之志各有所在而神有所繫者其行也足蹪趎埳頭抵植木而不自知也招之而不能見也呼之而不能聞也耳目去之也然而不能應者何也神失其守也故在於小則忘於大在於中則忘於外在於上則忘於下在於左則忘於右無所不充則無所不在是故貴虛者以毫末爲宅也今夫狂者之不能避水火之難而越溝瀆之險者豈無形神氣志哉然而用之異也失其所守之位而離其外內之舍是故舉錯不能當動靜不能中

終身運枯形於連嶁列埒之門而蹪蹈於汚壑穽陷之中雖生俱與人鈞然而不免爲人戮笑者何也形神相失也故以神爲主者形從而利以形爲制者神從而害貪饕多欲之人漠睧於勢利誘慕於名位冀以過人之智植于高世則精神日耗而彌遠久淫而不還形閉中距則神無由入矣是以天下時有盲妄自失之患此膏燭之類也火逾然而消逾亟夫精神氣志者靜而日充者以壯躁而日耗者以老是故聖人將養其神和弱其氣平夷其形而與道沈浮俛仰

張賓王曰名言此貪饕者不愼守形氣神之害

張賓王曰徹底精神論至道而結之以形氣神此長生久視之左道也至如委衣發機則尤老氏宗旨

恬然則縱之迫則用之其縱之也若委衣其用之也若發機如是則萬物之化無不遇而百事之變無不應

張賓王曰此篇以虛無無爲爲宗而蓋因善一處後處柔皆其發幹抽條處結歸於精神之恬淡是鴻烈之極有局者其文蔚焉如繡

又曰文之品貴者老材未閑華鮮者抽思未徹至如原道一訓百斛明珠千箱雲錦煥焉充斥炫目駴心其入玄奧處往往直叩中扃發無剩旨

此篇眼骨專重養神以體道而尤必遇至德之世而後可行多勸馬蹄胠篋諸篇而雜以弔詭之談與參同契蓋相接　武

淮南鴻烈解卷二

俶眞訓

有始者有未始有有始者有未始有夫未始有有始者有有者有無者有未始有有無者有未始有夫未始有有無者所謂有始者繁憤未發萌兆牙蘖未有形埒垠堮無無蝡蝡將欲生興而未成物類有未始有有始者天氣始下地氣始上陰陽錯合相與優游競暢於宇宙之間被德含和繽紛蘢蓯欲與物接而未成兆朕有未始有夫未始有有始者天含和而未降地懷氣而未揚虛無寂寞蕭條霄雿無有仿佛氣遂而大通冥冥者也有有者言萬物摻落根莖枝葉青葱苓蘢萑蔰炫煌蠉飛蝡動蚑行噲息可切循把握而有數量有無者視之不見其形聽之不聞其聲捫之不可得也望之不可極也儲與扈冶浩浩瀚瀚不可隱儀揆度而通光燿者有未始有有無者包裹天地陶冶萬物大通混冥深閎廣大不可爲外析毫剖芒不可爲內無環堵之宇而生有無之根有未始有夫未始有有無者天地未剖陰陽未判四時未分

前借莊生語立論而釋之止此

喻意懇切語氣如游龍

亦本莊生齊死生之說來

萬物未生汪然平靜寂然清澄莫見其形若光燿之間於無有退而自失也曰予能有無而未能無無也及其爲無無至妙何從及此哉夫大塊載我以形勞我以生逸我以老休我以死善我生者乃所以善我死也夫藏舟於壑藏山於澤人謂之固矣雖然夜半有力者負而趨寐者不知猶有所遁若藏天下於天下則無所遁其形矣物豈可謂無大揚攉乎一範人之形而猶喜若人者千變萬化而未始有極也弊而復新其爲樂也可勝計邪譬若㝱爲鳥而飛於天㝱

爲魚而沒於淵方其㝱也不知其㝱也覺而後知其㝱也今將有大覺然後知今此之爲大㝱也始吾未生之時焉知生之樂也今吾未死又焉知死之不樂也昔公牛哀轉病也七日化爲虎其兄掩戶而入覘之則虎搏而殺之是故文章成獸爪牙移易志與心變神與形化方其爲虎也不知其嘗爲人也方其爲人不知其且爲虎也二者代謝舛馳各樂其成形狡滑鈍惛是非無端孰知其所萌夫水嚮冬則凝而爲冰冰迎春則泮而爲水冰水移易於前後若周員而

言善養形者須先養神

含哺鼓腹景象正善養神

者

真人所以不解構人間由其得一之道故如下文所云

趨孰暇知其所苦樂乎是故形傷於寒暑燥濕之虐者形苑而神壯神傷乎喜怒思慮之患者神盡而形有餘故罷馬之死也剝之若槁狡狗之死也割之有濡是故傷死者其鬼嬈時既者其神漠是皆不得形神俱沒也夫聖人用心杖性依神相扶而得終始是故其寐不寢其覺不憂古之人有處混冥之中神氣不蕩於外萬物恬漠以愉靜攙搶衡杓之氣莫不彌靡而不能為害當此之時萬民猖狂不知東西含哺而游鼓腹而熙交被天和食於地德不以曲故是非

相尤茫茫沈沈是謂大治於是在上位者左右而使之毋淫其性鎮撫而有之毋遷其德是故仁義不布而萬物蕃殖賞罰不施而天下賓服其道可以大美興而難以算計舉也是故日計之不足而歲計之有餘夫魚相忘於江湖人相忘於道術古之真人立於天地之本中至優游抱德煬和而萬物雜累焉孰肯解構人間之事以物煩其性命乎夫道有經紀條貫得一之道連千枝萬葉是故貴有以行令賤有以忘卑貧有以樂業困有以處危夫大寒至霜雪降然後

真人惟遊於形之外故其神定如此

知松栢之茂也據難履危利害陳於前然後知聖人之不失道也是故能戴大員者履大方鏡太清者視大明立太平者處大堂能游冥冥者與日月同光是故以道爲竿以德爲綸禮樂爲鉤仁義爲餌投之於江浮之於海萬物紛紛孰非其有夫挾依於跂躍之術提挈人間之際撢掞挺挏世之風俗以摸蘇牽連物之微妙猶得肆其志充其欲何況懷瓌瑋之道忘肝膽遺耳目獨浮游無方之外不與物相弊摋中徙倚無形之域而和以天地者乎若然者偃然聰明而

抱其太素以利害爲塵垢以死生爲晝夜是故目觀玉輅琬象之狀耳聽白雪清角之聲不能以亂其神登千仞之谿臨蝯眩之岸不足以滑其和譬若鍾山之玉炊以鑪炭三日三夜而色澤不變則至德天地之精也是故生不足以使之利何足以動之死不足以禁之害何足以恐之明於死生之分達於利害之變雖以天下之大易骭之一毛無所槩於志也夫貴賤之於身也猶條風之時麗也毀譽之於巳猶蚊䖟之一過也夫秉皓白而不黑行純粹而不糅處玄冥

結前得一之道一段

而不闇休於天鈞而不碭孟門終隆之山不能禁唯體道能不敗湍瀨旋淵呂梁之深不能留也太行石澗飛狐句望之險不能難也是故身處江海之上而神游魏闕之下非得一原孰能至於此哉是故與至人居使家忘貧使王公簡其富貴而樂卑賤勇者衰其氣貪者消其欲坐而不教立而不議虛而往者實而歸故不言而能飲人以和是故至道無爲一龍一蛇盈縮卷舒與時變化外從其風内守其性耳目不燿思慮不營其所居神者臺簡以游太清引楯萬物

此正道出一原之故

羣美萌生是故事其神者神去之休其神者神居之道出一原通九門散六衢設於無垓坫之宇寂漠以虛無非有爲於物也物以有爲於巳也是故舉事而順於道者非道之所爲也道之所施也夫天之所覆地之所載六合所包陰陽所呴雨露所濡道德所扶此皆生一父母而閱一和也是故槐榆與橘柚合而爲兄弟有苗與三危通爲一家夫目視鴻鵠之飛耳聽琴瑟之聲而心在鴈門之間一身之中神之分離剖判六合之内一舉而千萬里是故自其異者視之

墨楊申商於治道各有所偏由其不達同異之理

張賓王曰扶玄洞幽詞象扶踈譬喻精切

肝膽胡越自其同者視之萬物一圈也百家異說各有所出若夫墨楊申商之於治道猶蓋之無一橑而輪之無一輻有之可以備數無之未有害於用也已自以爲獨擅之不通之於天地之情也今夫冶工之鑄器金踴躍於鑪中必有波溢而播棄者其中地而凝滯亦有以象於物者矣其形雖有所小周哉然未可以保於周室之九鼎也有況比於規形者乎其與道相去亦遠矣今夫萬物之疏躍枝舉百事之莖葉條榦皆本於一根而條循千萬也若此則有所受之

喻上轉喻如九層之臺

矣而非所授者所受者無授也而無不受也無不受也者譬若周雲之蘢蓯遼巢彭濞而爲雨沈溺萬物而不與爲溼焉今夫善射者有儀表之度如工匠有規矩之數此皆所得以至於妙然而奚仲不能爲逄蒙造父不能爲伯樂者是曰諭於一曲而不通於萬方之際也今以涅染緇則黑於涅以藍染青則青於藍涅非緇也青非藍也茲雖遇其毋而無能復化已是何則以諭其轉而益薄也何況夫未始有涅藍造化之者乎其爲化也雖鏤金石書竹帛何足以舉其

生於有一句倣真本肯

數由此觀之物莫不生於有也小大優游矣夫秋毫之末淪於無間而復歸於大矣蘆苻之厚通於無壂而復反於敦龐若夫無秋豪之微蘆苻之厚四達無境通於無圻而莫之要御夭遏者其襲微重妙挺挏萬物揣丸變化天地之間何足以論之夫疾風敎木而不能拔毛髮雲臺之高墮者折脊碎腦而蟁蝱適足以翺翔夫與蚑蟯同乘天機夫受形於一圈飛輕微細者猶足以脫其命又況未有類也由此觀之無形而生有形亦明矣是故聖人託其神於靈府而歸

於萬物之初視於冥冥聽於無聲冥冥之中獨見曉焉寂漠之中獨有照焉其用之也以不用其不用也而後能用之其知也乃不知其不知也而後能知之也夫天不定日月無所載地不定草木無所植所立於身者不寧是非無所形是故有眞人然後有眞知其所持者不明庸詎知吾所謂知之非不知歟今夫積惠重厚累愛襲恩以聲華嘔苻嫗掩萬民百姓使知之訢訢然人樂其性者仁也舉大功立顯名體君臣正上下明親疏等貴賤存危國繼絕世決挐治煩

非詆仁義與下犧尊溝斷之喻俱祖莊生蓋其意惟欲養神而得其本性

興毀宗立無後者義也閉九竅藏心志棄聰明反無識芒然仿佯於塵埃之外而消揺於無事之業含陰吐陽而萬物和同者德也是故道散而爲德德溢而爲仁義仁義立而道德廢矣百圍之木斬而爲犧尊鏤之以剞劂雜之以青黄華藻鎛鮮龍蛇虎豹曲成文章然其斷在溝中壹比犧尊溝中之斷則醜美有間矣然而失木性鈞也是故神越者其言華德蕩者其行僞至精亡於中而言行觀於外此不免以身役物矣夫趨舍行僞者爲精求於外也精有湫盡而行

無窮極則滑心濁神而惑亂其本矣其所守者不定而外淫於世俗之風所斷差跌者而內以濁其清明是故躊躇以終而不得須臾恬澹矣是故聖人內修道術而不外飾仁義不知耳目之宣而游於精神之和若然者下揆三泉上尋九天橫廓六合揲貫萬物此聖人之游也若夫眞人則動溶於至虛而游於滅亡之野騎蜚廉而從敦圄馳於方外休乎宇內燭十日而使風雨臣雷公役夸父妾宓妃妻織女天地之間何足以留其志是故虛無者道之舍平易者道之

篇中多以聖人眞人並言蓋溺於冲舉黄白之術者臣雷公四句具是畫簡虛無影子

凍者假衣暍者望風與無故求藥皆失其神明而離其宅者

素夫人之事其神而嬈其精營慧然而有求於外此皆失其神明而離其宅也是故凍者假兼衣於春而暍者望冷風於秋夫有病於內者必有色於外矣夫梣木色青翳而蠃瘉蝸睆此皆治目之藥也人無故求此物者必有蔽其明者聖人之所以駭天下者眞人未嘗過焉賢人之所以矯世俗者聖人未嘗觀焉夫牛蹏之涔無尺之鯉塊阜之山無丈之材所以然者何也皆其營宇狹小而不能容巨大也又況乎以無裹之者耶此其爲山淵之勢亦遠矣夫人之拘於

世也必形繫而神泄故不免於虛使我可係羈者必其有命在於外也至德之性甘瞑於溷澖之域而倚徙於汗漫之宇提挈天地而委萬物以鴻濛爲景柱而浮揚乎無畛崖之際是故聖人呼吸陰陽之氣而羣生莫不顒顒然仰其德以和順當此之時莫之領理決離隱密而自成渾渾蒼蒼純樸未散旁薄爲一而萬物大優是故雖有羿之知而無所用之及世之衰也至伏羲氏其道昧昧芒芒然吟德懷和被施頗烈而知乃始昧昧晽晽皆欲離其童蒙之心而覺視

伏羲氏以下凡四段其意謂遞降而衰揔欲反其虛

無以成至德之世

於天地之間是故其德煩而不能一乃至神農黃帝剖判大宗竅領天地襲九窾重九熱提挈陰陽嫥捖剛柔枝解葉貫萬物百族使各有經紀條貫於此萬民睢睢盱盱然莫不竦身而載聽視是故治而不能和下棲遲至於昆吾夏后之世嗜欲連於物聰明誘於外而性命失其得施及周室之衰澆淳散樸雜道以偽儉德以行而巧故萌生周室衰而王道廢儒墨乃始列道而議分徒而訟於是博學以疑聖華誣以脅衆弦歌鼓舞緣飾詩書以買名譽於天下繁登降

之禮飾紱冕之服聚衆不足以極其變積財不足以贍其費於是萬民乃始慲觟離跂各欲行其知偽以求鑿枘於世而錯擇名利是故百姓曼衍於淫荒之陂而失其大宗之本夫世之所以喪性命有衰漸以然所由來者久矣是故聖人之學也欲以返性於初而游心於虛也達人之學也欲以通性於遼廓而覺於寂漠也若夫俗世之學也則不然擢德攓性內愁五藏外勞耳目乃始招蟯振繾物之毫芒搖消掉捎仁義禮樂暴行越智於天下以招號名聲於世此我

俗世之招號名聲亦能損神故譽不勸非不沮則無虧

所羞而不爲也是故與其有天下也不若有説也與其有説也不若尚羊物之終始也而條達有無之際是故舉世而譽之不加勸舉世而非之不加沮定於死生之境而通於榮辱之理雖有炎火洪水彌靡於天下神無虧缺於胷臆之中矣若然者視天下之間猶飛羽浮芥也孰肯分分然以物爲事也水之性眞清而土汨之人性安靜而嗜欲亂之夫人之所受於天者耳目之於聲色也口鼻之於芳臭也肌膚之於寒燠其情一也或通於神明或不免於癡狂者何也

其所爲制者異也是故神者智之淵也淵清則智明矣智者心之府也智公則心平矣人莫鑑於流沫而鑑於止水者以其靜也莫窺形於生鐵而窺於明鏡者以覩其易也夫唯易且靜形物之性也由此觀之用也必假之於弗用也是故虛室生白吉祥止也夫鑑明者塵垢弗能薶神清者嗜欲弗能亂精神已越於外而事復返之是失之於本而求之於末也外內無符而欲與物接弊其玄光而求知之於耳目是釋其炤炤而道其冥冥也是之謂失道心有所至而神

張賓王曰讀其文泠然快心

應前用也假之於弗用

聖人真人與前與應總不出養神一語

喟然在之。反之於虛。則消鑠滅息。此聖人之游也。故
古之治天下也。必達乎性命之情。其舉錯未必同也。
其合於道一也。夫夏日之不被裘者。非愛之也。燠有
餘於身也。冬日之不用翣者。非簡之也。清有餘於適
也。夫聖人量腹而食。度形而衣。節於己而已。貪汚之
心。奚由生哉。故能有天下者。必無以天下為也。能有
名譽者。必無以趨行求者也。聖人有所於達。達則嗜
欲之心外矣。孔墨之弟子。皆以仁義之術教導於世。
然而不免於儡身。猶不能行也。又況所教乎。是何則。

其道外也。夫以末求返於本。許由不能行也。又況齊
民乎。誠達於性命之情。而仁義固附矣。趨捨何足以
滑心。若夫神無所掩。心無所載。通洞條達。恬漠無事。
無所凝滯。虛寂以待。勢利不能誘也。辯者不能說也。
聲色不能淫也。美者不能濫也。知者不能動也。勇者
不能恐也。此真人之道也。若然者。陶冶萬物。與造化
者為人。天地之間。宇宙之內。莫能夭遏。夫化生者不
死。而化物者不化。神經於驪山太行而不能難。入於
四海九江而不能濡。處小隘而不塞。橫扃天地之間

此不養神而
徒役肢體聰
明之無益於
治

而不窕不通此者雖目數千羊之羣耳分八風之調
足蹀陽阿之舞而手會綠水之趨智終天地明照日
月辯解連環澤潤玉石猶無益於治天下也靜漠恬
澹所以養性也和愉虛無所以養德也外不滑內則
性得其宜性不動和則德安其位養生以經世抱德
以終年可謂能體道矣若然者血脈無鬱滯五藏無
蔚氣禍福弗能撓滑非譽弗能塵垢故能致其極非
有其世孰能濟焉有其人不遇其時身猶不能脫又
況無道乎且人之情耳目應感動心志知憂樂手足

之摚疾蟲辟寒暑所以與物接也蜂蠆螫指而神不
能憺蚤蝨嗜膚而知不能平夫憂患之來攖人心也
非直蜂蠆之螫毒而蚤蝨之慘怛也而欲靜漠虛無
奈之何哉夫目察秋毫之末耳不聞雷霆之聲耳調
玉石之聲目不見太山之高何則小有所志而大有
所忘也今萬物之來擢拔吾性攓取吾情有若泉源
雖欲勿稟其可得邪今夫樹木者灌以瀿水疇以肥
壤一人養之十人拔之則必無餘桻有況與一國同
伐之哉雖欲久生豈可得乎今盆水在庭清之終日

自憂患之來至此總見神之易濁而難清

前所謂有其世而能濟者

前所謂不遇其時身猶不能脫者

此至末旁引曲証並言體道之有係於世

未能見眉睫濁之不過一撓而不察方貟人神易濁而難清猶盆水之類也况一世而撓滑之曷得須臾平乎古者至德之世賈便其肆農樂其業大夫安其職而處士修其道當此之時風雨不毀折草木不夭九鼎重味珠玉潤澤洛出丹書河出綠圖故許由方回善卷披衣得達其道何則世之主有欲利天下之心是以人得自樂其間四子之才非能盡善蓋今之世也然莫能與之同光者遇唐虞之時逮至夏桀殷紂燔生人辜諫者爲炮烙鑄金柱剖賢人之心析才

士之脛醢鬼侯之女菹梅伯之骸當此之時嶢山崩三川涸飛鳥鎩翼走獸擠脚當此之時豈獨無聖人哉然而不能通其道者不遇其世夫鳥飛千仞之上獸走叢薄之中禍猶及之又况編戶齊民乎由此觀之體道者不專在於我亦有繫於世矣夫歷陽之都一夕反而爲湖勇力聖知與罷怯不肖者同命巫山之上順風縱火膏夏紫芝與蕭艾俱死故河魚不得明目穉稼不得育時其所生者然也故世治則愚者不得獨亂世亂則智者不能獨治身蹈於濁世之中

張賓王曰結處泠然

而責道之不行也是猶兩絆騏驥而求其致千里也置猨檻中則與豚同非不巧捷也無所肆其能也舜之耕陶也不能利其里南面王則德施乎四海仁非能益也處便而勢利也古之聖人其和愉寧靜性也其志得道行命也是故性遭命而後能行命得性而後能明烏號之弓谿子之弩不能無絃而射越舲蜀艇不能無水而浮今矰繳機而在上罘罟張而在下雖欲翱翔其勢焉得故詩云采采卷耳不盈傾筐嗟我懷人寘彼周行以言慕遠世也

論天文先之七政而次則五音六律分野支干逐一詳究其間災異之變妖祥之應洞徹終始矣

張賓王曰陰陽物類之相感

淮南鴻烈解卷三

天文訓

天墜未形馮馮翼翼洞洞灟灟故曰大昭道始於虛霩虛霩生宇宙宇宙生氣氣有漢垠清陽者薄靡而爲天重濁者凝滯而爲地清妙之合專易重濁之凝竭難故天先成而地後定天地之襲精爲陰陽陰陽之專精爲四時四時之散精爲萬物積陽之熱氣生火火氣之精者爲日積陰之寒氣爲水水氣之精者爲月日月之淫爲精者爲星辰天受日月星辰地受

水潦塵埃昔者共工與顓頊爭爲帝怒而觸不周之山天柱折地維絕天傾西北故日月星辰移焉地不滿東南故水潦塵埃歸焉天道曰圓地道曰方方者主幽圓者主明明者吐氣者也是故火曰外景幽者含氣者也是故水曰內景吐氣者施含氣者化是故陽施陰化天之偏氣怒者爲風地之含氣和者爲雨陰陽相薄感而爲雷激而爲霆亂而爲霧陽氣勝則散而爲雨露陰氣勝則凝而爲霜雪毛羽者飛行之類也故屬於陽介鱗者蟄伏之類也故屬於陰日者

陽燧等物與國之政其感天文若應景然萬物有以相連精祲有以相盪也

天文四句一篇要領

陽之主也。是故春夏則羣獸除。日至而麋鹿解。月者陰之宗也。是以月虛而魚腦減。月死而蠃蛖膲。火上蕁。水下流。故鳥飛而高。魚動而下。物類相動。本標相應。故陽燧見日則燃而爲火。方諸見月則津而爲水。虎嘯而谷風至。龍舉而景雲屬。麒麟鬬而日月食。鯨魚死而彗星出。蠶珥絲而商弦絕。賁星墜而勃海決。人主之情。上通於天。故誅暴則多飄風。枉法令則多蟲螟。殺不辜則國赤地。令不收則多淫雨。四時者天之吏也。日月者天之使也。星辰者天之期也。虹蜺彗

星者天之忌也。天有九野。九千九百九十九隅。去地五億萬里。五星八風二十八宿。五官六府。紫宫太微。軒轅咸池。四守天阿。何謂九野。中央曰鈞天。其星角亢氐。東方曰蒼天。其星房心尾。東北曰變天。其星箕斗牽牛。北方曰玄天。其星須女虛危營室。西北方曰幽天。其星東壁奎婁。西方曰昊天。其星胃昴畢。西南方曰朱天。其星觜巂參東井。南方曰炎天。其星輿鬼柳七星。東南方曰陽天。其星張翼軫。何謂五星。東方木也。其帝太皞。其佐句芒。執規而治春。其神爲歲星。

政失於此則變見於彼若響之應聲自然之符也

其獸蒼龍其音角其日甲乙南方火也其帝炎帝其佐朱明執衡而治夏其神爲熒惑其獸朱鳥其音徵其日丙丁中央土也其帝黃帝其佐后土執繩而制四方其神爲鎮星其獸黃龍其音宫其日戊已西方金也其帝少昊其佐蓐收執矩而治秋其神爲太白其獸白虎其音商其日庚辛北方水也其帝顓頊其佐玄冥執權而治冬其神爲辰星其獸玄武其音羽其日壬癸太陰在四仲則歲星行三宿太陰在四鉤則歲星行二宿二八十六三四十二故十二歲而行

二十八宿日行十二分度之一歲行三十度十六分度之七十二歲而周熒惑常以十月入太微受制而出行列宿司無道之國爲亂爲賊爲疾爲喪爲饑爲兵出入無常辯變其色時見時匿鎮星以甲寅元始建斗歲鎮行一宿當居而弗居其國亡土未當居而居之其國益地歲熟日行二十八分度之一歲行十三度百一十二分度之五二十八歲而周太白元始以正月甲寅與熒惑晨出東方二百四十日而入入百二十日而夕出西方二百四十日而入入三十五

八風分配八音八節之氣聖人所以導時序而出令按上方而定官

日而復出東方出以辰戌入以丑未當出而不出未當入而入天下偃兵當入而不入當出而不出天下興兵辰星正四時常以二月春分效奎婁以五月夏至效東井輿鬼以八月秋分效角亢以十一月冬至效斗牽牛出以辰戌入以丑未出二旬而入晨候之東方夕候之西方一時不出其時不和四時不出天下大饑何謂八風距日冬至四十五日條風至條風至四十五日明庶風至明庶風至四十五日清明風至清明風至四十五日景風至景風至四十五日涼

風至涼風至四十五日閶闔風至閶闔風至四十五日不周風至不周風至四十五日廣莫風至條風至則出輕繫去稽留明庶風至則正封疆修田疇清明風至則出幣帛使諸侯景風至則爵有位賞有功涼風至則報地德祀四郊閶闔風至則收縣垂琴瑟不張不周風至則修宮室繕邊城廣莫風至則閉關梁決刑罰何謂五官東方爲田南方爲司馬西方爲理北方爲司空中央爲都何謂六府子午丑未寅申卯酉辰戌巳亥是也太微者太一之庭也紫宫者太一

之居也軒轅者帝妃之舍也咸池者水魚之囿也天
阿者羣神之闕也四宮者所以爲司賞罰太微者主
朱雀紫宮執斗而左旋日行一度以周於天日冬至
峻狼之山日移一度月行百八十二度八分度之五
而夏至牛首之山反覆三百六十五度四分度之一
而成一歲天一元始正月建寅日月俱入營室五度
天一以始建七十六歲日月復以正月入營室五度
無餘分名曰一紀凡二十紀一千五百二十歲大終
日月星辰復始甲寅元日行一度而歲有奇四分度

之一故四歲而積千四百六十一日而復合故舍八
十歲而復故曰子午卯酉爲二繩丑寅辰巳未申戌
亥爲四鉤東北爲報德之維也西南爲背陽之維東
南爲常羊之維西北爲蹏通之維日冬至則斗北中
繩陰氣極陽氣萌故曰冬至爲德日夏至則斗南中
繩陽氣極陰氣萌故曰夏至爲刑陰氣極則北至北
極下至黃泉故不可以鑿地穿井萬物閉藏蟄蟲首
穴故曰德在室陽氣極則南至南極上至朱天故不
可以夷丘上屋萬物蕃息五穀兆長故曰德在野日

蔡邕律曆記候鍾律權土炭冬至陽氣應黃鍾通土炭輕而衡仰夏至陰氣應蕤賓通土炭重而衡低先後進退五日之中擬之陰陽一盛一衰毫不可爽也

冬至則水從之日夏至則火從之故五月火正而水漏十一月水正而陰勝陽氣爲火陰氣爲水水勝故夏至溼火勝故冬至燥燥故炭輕溼故炭重日冬至井水盛盆水溢羊脫毛麋角解鵲始巢八尺之修日中而景丈三尺日夏至而流黃澤石精出蟬始鳴半夏生蟁蝱不食駒犢鷙鳥不搏黃口八尺之景修徑尺五寸景修則陰氣勝景短則陽氣勝陰氣勝則爲水陽氣勝則爲旱陰陽刑德有七舍何謂七舍室堂庭門巷術野十二月德居室三十日先日至十五日

後日至十五日而徙所居各三十日德在室則刑在野德在堂則刑在術德在庭則刑在巷陰陽相德則刑德合門八月二月陰陽氣均日夜分平故曰刑德合門德南則生刑南則殺故曰二月會而萬物生八月會而草木死兩維之間九十一度十六分度之五而升日行一度十五日爲一節以生二十四時之變斗指子則冬至音比黃鍾加十五日指癸則小寒音比應鍾加十五日指丑則大寒音比無射加十五日指報德之維則越陰在地故曰距日冬至四十六日

日所指支干十五日一變因有二十四氣而於律各有所屬如環之無端此陰

陽之神妙也

而立春陽氣凍解音比南呂加十五日指寅則雨水音比夷則加十五日指甲則雷驚蟄音比林鍾加十五日指卯中繩故曰春分則雷行音比蕤賓加十五日指乙則清明風至音比仲呂加十五日指辰則穀雨音比姑洗加十五日指常羊之維則春分盡故曰有四十六日而立夏大風濟音比夾鍾加十五日指巳則小滿音比太蔟加十五日指丙則芒種音比太呂加十五日指午則陽氣極故曰有四十六日而夏至音比黃鍾加十五日指丁則小暑音比太呂加十

五日指未則大暑音比太蔟加十五日指背陽之維則夏分盡故曰有四十六日而立秋涼風至音比夾鍾加十五日指申則處暑音比姑洗加十五日指庚則白露降音比仲呂加十五日指酉中繩故曰秋分雷戒蟄蟲北鄉音比蕤賓加十五日指辛則寒露音比林鍾加十五日指戌則霜降音比夷則加十五日指蹏通之維則秋分盡故曰有四十六日而立冬草木畢死音比南呂加十五日指亥則小雪音比無射加十五日指壬則大雪音比應鍾加十五日指子故

日陽生於子陰生於午陽生於子故十一月日冬至鵲始加巢人氣鍾首陰生於午故五月爲小刑薺麥亭歷枯冬生草木必死斗杓爲小歲正月建寅月從左行十二辰咸池爲太歲二月建卯月從右行四仲終而復始太歲迎者辱背者強左者衰右者昌小歲東南則生西北則殺不可迎也而可背也不可左也而可右也其此之謂也大時者咸池也小時者月建也天維建元常以寅始起右徙一歲而移十二歲而大周天終而復始淮南元年冬太一在丙子冬至甲

午立春丙子二陰一陽成氣二二陽一陰成氣三合氣而爲音合陰而爲陽合陽而爲律故曰五音六律音自倍而爲日律自倍而爲辰故日十而辰十二月日行十三度七十六分度之二十六二十九日九百四十分日之四百九十九而爲月而以十二月爲歲歲有餘十日九百四十分日之八百二十七故十九歲而七閏日冬至子午夏至卯酉冬至加三日則夏至之日也歲遷六日終而復始壬午冬至甲子受制木用事火煙青七十二日丙子受制火用事火煙赤

如江都相董生推言陰陽四時相繼父生之子養之母成之子藏之故春生仁夏長德秋成義冬藏禮此四時之序聖人之所則也

五行占歲之法

七十二日戊子受制土用事火煙黃七十二日庚子受制金用事火煙白七十二日壬子受制水用事火煙黑七十二日而歲終庚子受制歲遷六日以數推之七十歲而復至甲子甲子受制則行柔惠挺羣禁開闔扇通障塞毋伐木丙子受制則舉賢良賞有功立封侯出貨財戊子受制則養老鰥寡行粰鬻施恩澤庚子受制則繕牆垣修城郭審羣禁飾兵甲儆百官誅不法壬子受制則閉門閭大搜客斷刑罰殺當罪息關梁禁外徙甲子氣燥濁丙子氣燥陽戊子氣

溼濁庚子氣燥寒壬子氣清寒丙子干甲子蟄蟲早出故雷早行戊子干甲子胎夭卵毈鳥蟲多傷庚子干甲子有兵壬子干甲子春有霜戊子干丙子霆庚子干丙子夷壬子干丙子雹甲子干丙子地動庚子干戊子五穀有殃壬子干戊子夏寒雨霜甲子干戊子介蟲不為丙子干戊子大旱苽封熯壬子干庚子大剛魚不為甲子干庚子草木再死再生丙子干庚子草木復榮戊子干庚子歲或存或亡甲子干壬子冬乃不藏丙子干壬子星墜戊子干壬子蟄蟲冬出

日所至而萬物生之處凡十五所其間支干十二律亦以此為推驗

其鄉。庚子干壬子。冬雷其鄉。季春三月。豐隆乃出以將其雨。至秋三月。地氣不藏。乃收其殺。百蟲蟄伏。靜居閉戶。青女乃出。以降霜雪。行十二時之氣。以至於仲春二月之夕。乃收其藏而閉其寒。女夷鼓歌。以司天和。以長百穀禽鳥草木。孟夏之月。以熟穀禾。雄鳩長鳴。爲帝侯歲。是故天不發其陰。則萬物不生。地不發其陽。則萬物不成。天圓地方。道在中央。日爲德。月爲刑。月歸而萬物死。日至而萬物生。遠山則山氣藏。遠水則水蟲蟄。遠木則木葉槁。日五日不見。失其位

也。聖人不與也。日出於暘谷。浴於咸池。拂於扶桑。是謂晨明。登於扶桑。爰始將行。是謂朏明。至於曲阿。是謂旦明。至於曾泉。是謂蚤食。至於桑野。是謂晏食。至於衡陽。是謂隅中。至於昆吾。是謂正中。至於鳥次。是謂小還。至於悲谷。是謂餔時。至於女紀。是謂大還。至於淵虞。是謂高春。至於連石。是謂下春。至於悲泉。爰止其女。爰息其馬。是謂縣車。至於虞淵。是謂黃昏。至於蒙谷。是謂定昏。日入於虞淵之汜。曙於蒙谷之浦。行九州七舍。有五億萬七千三百九里。禹以爲朝晝

凡四海之內，東西二萬八千里，南北二萬六千里，水道八千里，通谷其名川六百，陸徑三千里。禹乃使大章步自東極，至于西極，二億三萬三千五百里七十五步。使豎亥步自北極，至于南極，二億三萬三千五百里七十五步。凡鴻水淵藪，自三百仞以上，二億三萬三千五百五十里，有九淵。禹乃以息土填洪水以為名山，掘崑崙虛以下地，中有增城九重，其高萬一千里百一十四步二尺六寸。上有木禾，其修五尋，珠樹、玉樹、琁樹、不死樹在其西，沙棠、琅玕在其東，絳樹在其南，碧樹、瑤樹在其北。旁有四百四十門，門間四里，里間九純，純丈五尺。旁有九井玉橫，維其西北之隅，北門開以內不周之風。傾宮、旋室、縣圃、涼風、樊桐，在崑崙閶闔之中，是其疏圃。疏圃之池，浸之黃水，黃水三周復其原，是謂丹水，飲之不死。河水出崑崙東北陬，貫渤海，入禹所導積石山。赤水出其東南陬，西南注南海丹澤之東。赤水之東，弱水出自窮石，至于合黎，餘波入于流沙，絕流沙南至南海。洋水出其西北陬，入于南海羽民之南。凡四水者，帝之神泉，以和百藥，以潤萬物。扶木在陽州，日之所曊。建木在都廣，眾帝所自上下，日中無景，呼而無響，蓋天地之中也。若木在建木西，末有十日，其華照下地。

斗之所指下應十二律天所以通五行八正之氣所以成熟萬物也

昏夜夏日至則陰乘陽是以萬物就而死冬日至則陽乘陰是以萬物仰而生晝者陽之分夜者陰之分是以陽氣勝則日修而夜短陰氣勝則日短而夜修帝張四維運之以斗月徙一辰復反其所正月指寅十二月指丑一歲而匝終而復始指寅則萬物螾律受太蔟太蔟者蔟而未出也指卯卯則茂茂然律受夾鍾夾鍾者種始莢也指辰辰則振之也律受姑洗姑洗者陳去而新來也指巳巳則生巳定也律受仲呂仲呂者中充大也指午午者忤也律受蕤賓蕤賓者安而服也指未未昧也律受林鍾林鍾者引而止也指申申者呻之也律受夷則夷則者易其則也德以去矣指酉酉者飽也律受南呂南呂者任包大也指戌戌者滅也律受無射無射入無厭也指亥亥者閡也律受應鍾應鍾者應其鍾也指子子者茲也律受黃鍾黃鍾者鍾巳黃也指丑丑者紐也律受大呂大呂者旅旅而去也其加卯酉則陰陽分日夜平矣故曰規生矩殺衡長權藏繩居中央爲四時根道曰規始於一一而不生故分而爲陰陽陰陽合和而萬

一陽生於子黄鍾位子故黄鍾爲聲氣之元而五音十二律生焉

物生故曰一生二二生三三生萬物天地三月而爲一時故祭祀三飯以爲禮喪紀三踊以爲節兵重三罕以爲制以三參物三三如九故黄鍾之律九寸而宫音調因而九之九九八十一故黄鍾之數立焉黄者土德之色鍾者氣之所種也日冬至德氣爲土土色黄故曰黄鍾律之數六分爲雌雄故曰十二鍾以副十二月十二各以三成故置一而十一三之爲積分十七萬七千一百四十七黄鍾大數立焉凡十二律黄鍾爲宫太蔟爲商姑洗爲角林鍾爲徵南吕爲

羽物以三成音以五立三與五如八故卵生者八竅律之初生也寫鳳之音故音以八生黄鍾爲宫宫者音之君也故黄鍾位子其數八十一主十一月下生林鍾林鍾之數五十四主六月上生太蔟太蔟之數七十二主正月下生南吕南吕之數四十八主八月上生姑洗姑洗之數六十四主三月下生應鍾應鍾之數四十二主十月上生蕤賓蕤賓之數五十七主五月上生大吕大吕之數七十六主十二月下生夷則夷則之數五十一主七月上生夾鍾夾鍾之數六

十八主二月下生無射無射之數四十五主九月上生仲呂仲呂之數六十主四月極不生徵生宮宮生商商生羽羽生角角生姑洗姑洗生應鐘比於正音故爲和應鐘生蕤賓不比正音故爲繆日冬至音比林鐘浸以濁日夏至音比黃鐘浸以清以十二律應二十四時之變甲子仲呂之徵也丙子夾鐘之羽也戊子黃鐘之宮也庚子無射之商也壬子夷則之角也古之爲度量輕重生乎天道黃鐘之律修九寸物以三生三九二十七故幅廣二尺七寸音以八相生

此度量權衡之始

故人修八尺尋自倍故八尺而爲尋有形則有聲音之數五以五乘八五八四十故四丈而爲匹匹者中人之度也一匹而爲制秋分蔈定蔈定而禾熟律之數十二故十二蔈而當一粟十二粟而當一寸律以當辰音以當日日之數十故十寸而爲尺十尺而爲丈其以爲量十二粟而當一分十二分而當一銖十二銖而當半兩衡有左右因倍之故二十四銖爲一兩天有四時以成一歲因而四之四四十六故十六兩而爲一斤三月而爲一時三十日爲一月故三十

陽生陰爲下生陰生陽爲上生律書云以下生者倍其實三其法以上生者四其實三其法

斤爲一鈞四時而爲一歲故四鈞爲一石其以爲音也一律而生五音十二律而爲六十音因而六之六六三十六故三百六十音以當一歲之日故律歷之數天地之道也下生者倍以三除之上生者四以三除之

太陰元始建於甲寅一終而建甲戌二終而建甲午三終而復得甲寅之元歲徙一辰立春之後得其辰而遷其所順前三後五百事可舉太陰所建蟄蟲首穴而處鵲巢鄉而爲戶太陰在寅朱鳥在卯勾陳在

子玄武在戌白虎在酉蒼龍在辰寅爲建卯爲除辰爲滿巳爲平主生午爲定未爲執主陷申爲破主衡酉爲危主杓戌爲成主小德亥爲收主大德子爲開主太歲丑爲閉主太陰太陰在寅歲名曰攝提格其雄爲歲歲星舍斗牽牛以十一月與之晨出東方東井輿鬼爲對太陰在卯歲名曰單閼歲星舍須女虛危以十二月與之晨出東方柳七星張爲對太陰在辰歲名曰執除歲星舍營室東壁以正月與之晨出東方翼軫爲對太陰在巳歲名曰大荒落歲星舍奎婁

二十八宿之所纏度各有定在故太陰之行與之爲對

以二月與之晨出東方角亢爲對太陰在午歲名曰敦牂歲星舍胃昴畢以三月與之晨出東方氐房心爲對太陰在未歲名曰協洽歲星舍觜巂參以四月與之晨出東方尾箕爲對太陰在申歲名曰涒灘歲星舍東井輿鬼以五月與之晨出東方斗牽牛爲對太陰在酉歲名曰作鄂歲星舍柳七星張以六月與之晨出東方須女虛危爲對太陰在戌歲名曰閹茂歲星舍翼軫以七月與之晨出東方營室東壁爲對太陰在亥歲名曰大淵獻歲星舍角亢以八月與之

晨出東方奎婁爲對太陰在子歲名困敦歲星舍氐房心以九月與之晨出東方胃昴畢爲對太陰在丑歲名曰赤奮若歲星舍尾箕以十月與之晨出東方觜巂參爲對太陰在甲子刑德合東方宮常徙所不勝合四歲而離離十六歲而復合所以離者刑不得入中宮而徙於木太陰所居曰德辰爲刑德綱曰日倍因柔曰徙所不勝刑水辰之木木辰之水金火立其處凡徙諸神朱鳥在太陰前一鉤陳在後三玄武在前五白虎在後六虛星乘鉤陳而天地襲矣凡日

五行生死之所屬金木水火土之窮極盡矣

甲剛乙柔丙剛丁柔以至於癸木生於亥壯於卯死於未三辰皆木也火生於寅壯於午死於戌三辰皆火也土生於午壯於戌死於寅三辰皆土也金生於巳壯於酉死於丑三辰皆金也水生於申壯於子死於辰三辰皆水也故五勝生一壯五終九五九四十五故神四十五日而一徙以三應五故八徙而歲終凡用太陰左前刑右背德擊鉤陳之衝辰以戰必勝以攻必剋欲知天道以日爲主六月當心左周而行分而爲十二月與日相當天地重襲後必無殃星正

月建營室二月建奎婁三月建胃四月建畢五月建東井六月建張七月建翼八月建亢九月建房十月建尾十一月建牽牛十二月建虛

星分度角十二亢九氐十五房五心五尾十八箕十一四分一斗二十六牽牛八須女十二虛十危十七營室十六東壁九奎十六婁十二胃十四昴十一畢十六觜巂二參九東井三十輿鬼四柳十五星七張翼各十八軫十七凡二十八宿也

星部地名角亢鄭氐房心宋尾箕燕斗牽牛越須女

經星所屬分野特標其梗

槩冄至班掾所載則其疆域風土治亂靡不具見

吳虛危齊營室東壁衛奎婁魯胃昴畢魏觜巂參趙東井輿鬼秦柳七星張周翼軫楚歲星之所居五穀豐昌其對爲衝歲乃有殃當居而不居越而之他處主死國亡太陰治春則欲行柔惠溫涼太陰治夏則欲布施宣明太陰治秋則欲修備繕兵太陰治冬則欲猛毅剛彊三歲而改節六歲而易常故三歲而一饑六歲而一衰十二歲一康甲齊乙東夷丙楚丁南夷戊魏己韓庚秦辛西夷壬衛癸越子周丑翟寅楚卯鄭辰晉巳衛午秦未宋申齊酉魯戌趙亥燕甲乙

寅卯木也丙丁巳午火也戊己四季土也庚辛申酉金也壬癸亥子水也水生木木生火火生土土生金金生水子生母曰義母生子曰保子母相得曰專母勝子曰制子勝母曰困以勝擊殺勝而無報以專從事而有功以義行理名立而不墮以保畜養萬物蕃昌以困舉事破滅死亡北斗之神有雌雄十一月始建於子月從一辰雄左行雌右行五月合午謀刑十一月合子謀德太陰所居辰爲厭日厭日不可以舉百事堪輿徐行雄以音知雌故爲奇辰數從甲子始

即歲星所臨可知國之吉凶

子母相求所合之處爲合十日十二辰周六十日凡八合合於歲前則死亡合於歲後則無殃甲戌燕也乙酉齊也丙午越也丁巳楚也庚申秦也辛卯戎也壬子趙也癸亥胡也戊戌巳亥韓也巳酉巳卯魏也戊午戊子八合天下也太陰小歲星日辰五神皆合其日有雲氣風雨國君當之天神之貴者莫貴於青龍或曰天一或曰太陰太陰所居不可背而可鄉北斗所擊不可與敵天地以設分而爲陰陽陽生於陰陰生於陽陰陽相錯四維乃通或死或生萬物乃成

蚑行喙息莫貴於人孔竅肢體皆通於天天有九重人亦有九竅天有四時以制十二月人亦有四肢以使十二節天有十二月以制三百六十日人亦有十二肢以使三百六十節故舉事而不順天者逆其生者也以日冬至數來歲正月朔日五十日者民食足不滿五十日日減一斗有餘日日益一升有其歲司也

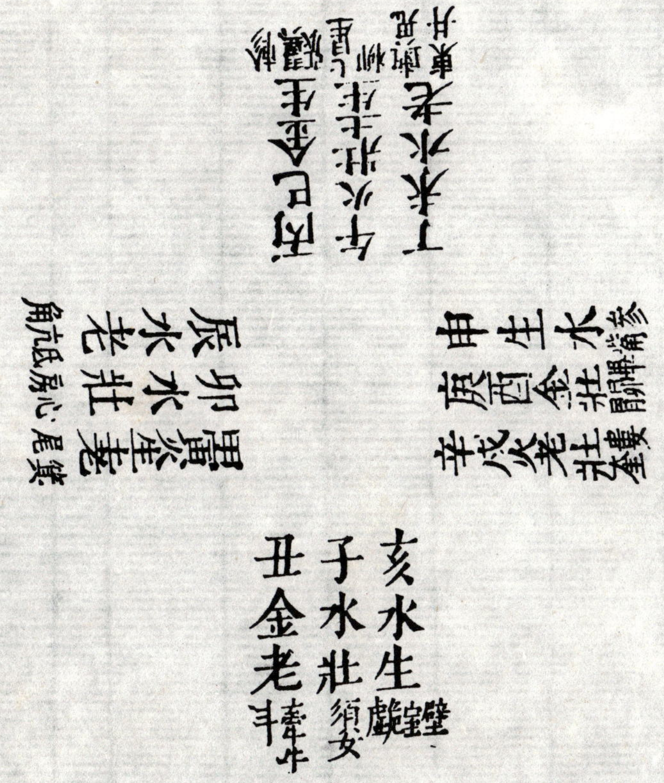

此圖藏本式

此圖今刊本式與前圖兩存之以備參考云

攝提格至赤奮若但以歲支占歲

攝提格之歲歲早水晚旱稻疾蠶不登菽麥昌民食四升寅在甲曰閼逢

單閼之歲歲和稻菽麥蠶昌民食五升卯在乙曰旃蒙

執除之歲歲早旱晚水小饑蠶閉麥熟民食三升辰在丙曰柔兆

大荒落之歲歲有小兵蠶小登麥昌菽疾民食二升巳在丁曰強圉

敦牂之歲歲大旱蠶登稻疾菽麥昌禾不爲民食二

升午在戊曰著雝

協洽之歲歲有小兵蠶登稻昌菽麥不爲民食三升未在己曰屠維

涒灘之歲歲和小雨行蠶登菽麥昌民飲三升申在庚曰上章

作鄂之歲歲有大兵民疾蠶不登菽麥不爲禾蟲民食五升酉在辛曰重光

掩茂之歲歲小饑有兵蠶不登麥不爲菽昌民食七升戌在壬曰玄默

言其法迺備

用表測景之法寖失其初此亦淮南諸儒勤襲陳語耳當參之唐貞觀中曆家

大淵獻之歲歲有大兵大饑蠶開菽麥不爲禾蟲民食三升

困敦之歲歲大霧起大水出蠶稻麥昌民食三升子在癸曰昭陽

赤奮若之歲歲有小兵早水蠶不出稻疾菽不爲麥昌民食一升

正朝夕先樹一表東方操一表卻去前表十步以參望日始出北廉日直入又樹一表於東方因西方之表以參望日方入北廉則定東方兩表之中與西方

之表則東西之正也日東至日出東南維入西南維至春秋分日出東中入西中夏至出東北維入西北維至則正南欲知東西南北廣袤之數者立四表以爲方一里歫先春分若秋分十餘日從歫北表參望日始出及旦以候相應相應則此與日直也輒以南表參望之以入前表數爲法除舉廣除立表袤以知從此東西之數也假使視日出入前表中一寸是寸得一里也一里積萬八千寸得從此東萬八千里視日方入入前表半寸則半寸得一里半寸而除一里

積寸得三萬六千里除則從此西里數也并之東西里數也則極徑也未春分而直已秋分而不直此處南也未秋分而直已春分而不直此處北也分至而直此處南北中也從中處欲知中南也未秋分而不直此處南北中也從中處欲知南北極遠近從西南表參望日日夏至始出與北表參則是東與東北表等正東萬八千里則從中北亦萬八千里也倍之南北之里數也其不從中之數也以出入前表之數益損之表入一寸寸減日近一里表出一寸寸益遠一

里欲知天之高樹表高一丈正南北相去千里同日度其陰北表二尺南表尺九寸是南千里陰短寸南二萬里則無景是直日下也陰二尺而得高一丈者南一而高五也則置從此南至日下里數因而五之爲十萬里則天高也若使景與表等則高與遠等也